Traducción: Violante Krahe

Título original: *Les chutes du Niagara*
ⓒ Editorial Albin Michel Jeunesse, París, 2002
ⓒ De esta edición: Editorial Luis Vives, 2004
  Carretera de Madrid, km. 315,700
  50012 Zaragoza
  teléfono: 913 344 883
  www.edelvives.es

ISBN: 84-263-5228-6
Depósito legal: Z. 483-04
Printed in Spain

Talleres Gráficos Edelvives (50012 Zaragoza)
Certificados ISO 9001

Las cataratas del Niágara

Jacques Duquennoy

EDELVIVES

7

8

¿Y si construimos una presa?

¡Chócala!

PIF PAF

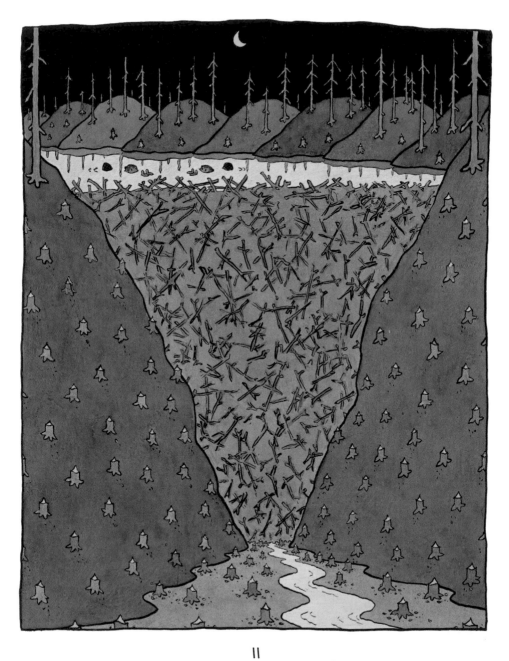

11

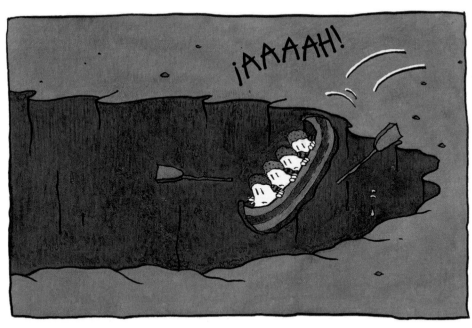

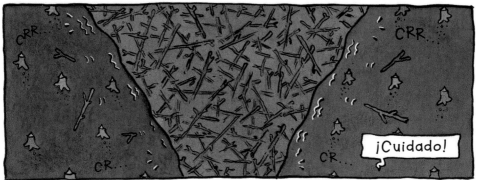

¡Vaya con los castores!